Na BLEACHTAIRÍ

Beirt chailíní agus beirt bhuachaillí, ceathrar
a bhfuil misneach, fuinneamh agus samhlaíocht
acu, sin iad Na Bleachtairí duit.
Níl aon rud is mó a thaitníonn leo ná cás
deacair a réiteach!

Gabriel Rosenstock

File, fear haiku, úrscéalaí, drámadóir, gearrscéalaí,
údar-aistritheoir breis is 160 leabhar, an chuid is mó
acu sa Ghaeilge. I measc na ngradam a bronnadh
air tá an bonn Tamgha-i-Khidmat ó Rialtas
na Pacastáine. Is ball d'Aosdána é.

Alan Nolan

Is é Alan Nolan a scríobh agus a dhein na léaráidí
don tsraith *The Big Break Detectives Casebook*,
agus don tsraith *Murder Can Be Fatal Mysteries*,
agus *Fintan's Fifteen* le haghaidh O'Brien Press.
Rugadh i mBaile Átha Cliath é agus tá cónaí air
i mBré, Co. Chill Mhantáin lena chlann.

Na BLEACHTAIRÍ

TAIBHSE

Gabriel Rosenstock

Léaráidí le Alan Nolan

THE O'BRIEN PRESS
DUBLIN

An chéad chló 2013 ag
The O'Brien Press Ltd
12 Terenure Road East, Rathgar, Dublin 6, Ireland.
Fón: +353 1 4923333; Facs: +353 1 4922777
Ríomhphost: books@obrien.ie

ISBN: 978-1-84717-316-4

1 2 3 4 5 6 7 8 9 10
13 14 15 16 17 18

Clódóireacht: Finidr Ltd

Tá The O'Brien Press buíoch de Chlár na Leabhar Gaeilge, Foras na Gaeilge

Foras na Gaeilge

Faigheann The O'Brien Press cabhair ón gComhairle Ealaíon

CLÁR

FEARAS AN BHLEACHTAIRE

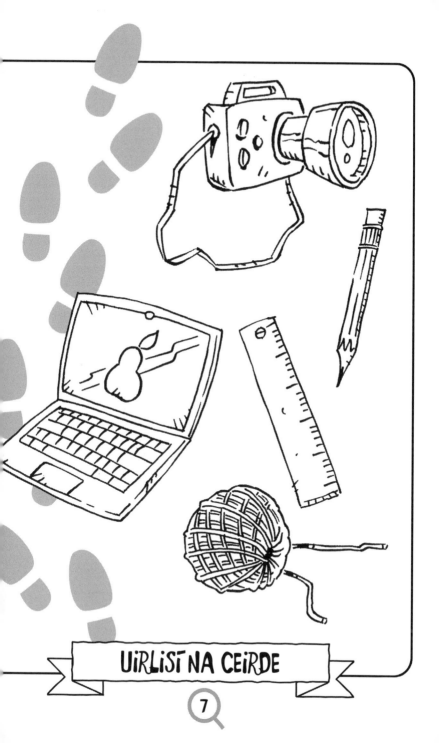

UIRLISÍ NA CEIRDE

NA BLEACHTAIRÍ

BRIAN

Is mise **Brian**.

Is mise a thug Na Bleachtairí le chéile.

Is mise a thugann na smaointe go léir don ghrúpa.

Tá mé thar a bheith cliste.

Coimeádaimse sárleabhar nótaí ar gach aon chás.

Beidh sé luachmhar lá éigin.

Is mise **Lakshmi**.

Tá mise ciúin, ach tá mé smaointeach agus éirimiúil.

Tá cluas easóige agam.

Agus tá mé an-chróga.

LAKSHMI

Is mise **Tomáisín**.
Is maith liom a bheith ag ithe!

TOMÁISÍN

Is mise **Síle**.
Is aoibhinn liom saol an bhleachtaire.
Tá ceamara agus iPad agam.
Úsáidimse iad i ngach aon chás.
Ceapann Brian gurb eisean a réitíonn gach cás. Sea, muise!

SÍLE

IS SINNE NA BLEACHTAIRÍ!

TEACS

Bhí máthair
Lakshmi buartha
faoi rud éigin. An-bhuartha.

Bhí torann éigin ag cur as di. Torann aisteach éigin sa teach.

'Cás suimiúil eile inniu againn,' a scríobh mé i mo leabhar nótaí.

Sheol me téacs chuig na bleachtairí eile, Síle agus Tomáisín: 'Téigí láithreach go dtí teach Lakshmi.'

Bhí mé ag smaoineamh ar an gcás an bealach ar fad.

Bhí an bheirt eile romham ag an ngeata.

AN CÁS

Máthair Lakshmi a lig isteach sinn. Bhí sí ar tí imeacht.

'Lakshmi! Tá do chairde tagtha!'

Hmm... Bhí mé ag machnamh ar an gcás. D'fhéach mé go géar ar an mbean. Bhí na súile dearg agus bhí muc ar gach mala aici.

'Slán, a pháistí,' ar sí. D'imigh sí ansin. Bhí a haigne áit éigin eile.

'Ón gcuma atá ar mháthair Lakshmi, déarfainn nár chodail sí mórán aréir,' arsa mise. 'Cad déarfása, a Shíle?'

'An ceart agat, a déarfainn,' arsa Síle. 'Ná an oíche roimhe sin.'

D'fhéach mé
ar Thomáisín.

'A Thomáisín?
Ar thug tusa faoi
deara go raibh
easpa codlata ag
cur as do mháthair
Lakshmi?' Cuid dá
dtraenáil mar
bhleachtairí
is ea ceisteanna
mar sin a chur
orthu. Go háirithe
ar Thomáisín, an té is óige.

Bíonn sé i gcónaí ag smaoineamh ar a bholg.

Ní raibh Tomáisín ag éisteacht liom. Ní haon rud
nua é sin. Ba é an chéad uair dó a bheith i dteach
Lakshmi agus bhí sé fiosrach faoi gach aon rud.

Bhí Tomáisín ag stánadh ar an dealbh a bhí sa
halla.

Leis sin, tháinig Laksmhi.

'Sin é Ganesh,' ar sise le Tomáisín.

'Ganesh? Cad atá cearr leis?'

'Níl aon rud cearr leis! Cad atá cearr leatsa?'
ar sise.

'Cén fáth a bhfuil cloigeann eilifinte air?'
arsa Tomáisín.

D'umhlaigh Lakshmi don dealbh.

'Ná bac le Ganesh go fóill,'
arsa mise. 'Cén scéal
é seo faoin torann
aisteach?'

AG TOSÚ AR AN gCÁS

'Isteach linn sa seomra suí,' arsa Lakshmi, 'agus inseoidh mé daoibh faoin torann.'

Cás aisteach go deimhin. Bhí an-spéis agam ann. Ghlacas go leor nótaí.

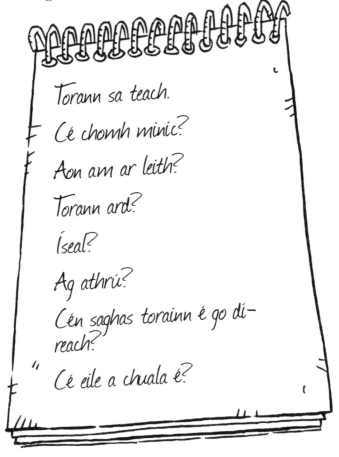

Torann sa teach.

Cé chomh minic?

Aon am ar leith?

Torann ard?

Íseal?

Ag athrú?

Cén saghas torainn é go díreach?

Cé eile a chuala é?

Chuir mé na ceisteanna go léir ar Lakshmi.

Ceist a haon – cén saghas torainn é?

Ach ní raibh sí in ann an cheist a fhreagairt.

'Níor chuala mise fós é,' ar sise.

An dara ceist – cathain?

'Níl a fhios agam,' ar sise. 'B'fhéidir cúpla uair sa lá - agus, is dócha, cúpla uair istoíche. Bímse i mo chodladh. D'éirigh mé oíche amháin ach níor chuala mé rud ar bith.'

Hmmm... ní raibh sí cinnte faoi rud ar bith. Cén saghas bleachtaire í

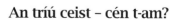

Lakshmi in aon chor? Bhí mé crosta anois.

An tríú ceist – cén t-am?

'Níl a fhios agam, a dúirt mé!' arsa Lakshmi.

Bhí sí ag éirí suaite anois.

Chuir Síle stop leis an gceistiú.

'Ná bac leis na ceisteanna eile,' arsa Síle.

'Caithfimid ár dtaighde féin a dhéanamh.'

Bhí an ceart aici. Stop mé.

'Sú oráistí ó éinne?' arsa Lakshmi.

Theastaigh sú oráistí uainn go léir.

Isteach linn, Síle ag tabhairt gach aon ní faoi deara – clic-clic – agus í ag glacadh grianghraf.

'An mbeadh aon rud le hithe agat?' arsa Tomáisín.

Lig mé osna – ag smaoineamh ar a bholg arís! Cathain a thosóidh sé ag smaoineamh ar an gcás?

Fuair Lakshmi pláta mór poppadom ón gcistin agus leag ar an mbord é.

'Ólaigí agus ithigí go ciúin,' ar sise, 'agus bímis ag éisteacht fad is atáimid ag ithe!'

'Cad is ea iad seo?' arsa Tomáisín.

'Poppadom,' arsa Lakshmi. 'Mé féin a rinne. Tá mo mháthair bhocht chomh buartha sin faoin torann aisteach – tá piollaí suaimhnis á nglacadh aici fiú amháin. Caithfear an cás aisteach seo a réiteach! Nó ... éireoidh sí tinn.'

'Cad atá iontu?' arsa Tomáisín agus poppadom á scrúdú aige. Tá siad cosúil le ... le ...'

Bhí mé ag éirí bréan den ghiob geab.

'An CÁS! Ar ais go dtí an cás!' arsa mise leo.

AN SCÉAL

'Inis an scéal go léir dúinn, a Lakshmi,' arsa Síle go séimh.

D'inis Lakshmi an scéal.

Bhí an torann ann le seachtain nó mar sin. A mam a chuala é. Níor bhac sise leis ar dtús ach ansin thosaigh an torann ag cur isteach uirthi níos mó agus níos mó. Sa deireadh bhí eagla ag teacht uirthi. Deacrachtaí aici dul a chodladh. Piollaí suaimhnis á nglacadh aici.

'Tá mé buartha faoi mo mham,' arsa Lakshmi.

'Is maith gur fhág tú an cás fúinne,' arsa mise léi.

Bhí mé ábhairín buartha faoi Lakshmi. Is cara mór linn í. Níor mhaith leat í a ligean síos.

Cás breá mistéireach. Bhí mise réidh.

'An bhfuilimid réidh, a bhleachtairí?' arsa mise.

'Réidh!' arsa an triúr eile.

Sheasas suas. Ghlanas mo scornach.

'Níl eolas ar bith againn faoin gcás seo. Caithfimid cluas a chur orainn féin. Caithimid na ceisteanna go léir atá breactha síos i mo leabhar nótaí agam a fhreagairt. Ar aghaidh linn!'

TAIBHSE

'Dhein mise beagáinín taighde,'
a deir mise go bródúil.

Bhí léite agam mar gheall
ar thaibhsí, go mór mór an
cineál taibhse ar a dtugtar an

poltergeist.

Taibhse a dhéanann
torann is ea é. Nílimse á rá go
bhfuil a leithéid de rud ann
nó nach bhfuil. Caithfidh tú
aigne oscailte a bheith agat.
Go háirithe más bleachtaire

thú. Ach ná bíodh d'aigne
chomh hoscailte sin agus go
ligfeá rud ar bith isteach i
do cheann.

Sin a deirimse liom féin i
gcónaí, gach lá: **bí oscailte –
ach bí cúramach.**

'Poltergeist!' arsa Síle agus í ag léamh ina thaobh ar an iPad.

'An bhfuil pictiúr ann de?' arsa Tomáisín, 'an *poultrygeist?'*

Gháir Lakshmi. Is minic focail á rá mícheart aige.

'*Pol-ter-geist!*' arsa mise. 'Abair i gceart é, a Thomáisín!'

'*Poltergeist! Poltergeist!*' arsa Tomáisín.

'Agus,' arsa mise, 'conas a bheadh pictiúr
againn de? Is taibhse torainn é. Ní féidir pictiúr
a dhéanamh de thorann, an féidir? Níl tú ag
smaoineamh, a Thomáisín. Taibhsí – ní fheictear
iad!'

'Feictear!' arsa Tomáisín.

'Bhuel, má fheictear ní féidir grianghraf
a ghlacadh díobh!'

Chroith Tomáisín na guaillí agus thóg sé
poppadom eile.

Sea, bhíos ag éirí mífhoighneach ní hamháin le Tomáisín ach liom féin chomh maith. Ní raibh leid ar bith againn. Bhí mé ag iarraidh smaoineamh ar fhuaimeanna is ar thorainn de gach aon sórt, agus liosta á dhéanamh agam, nuair a d'ardaigh Síle a lámh.

'Fuist!'

Bhí rud éigin cloiste aici. Torann éigin.

'Ar chuala sibh é?' arsa Sile.

'Níor chuala mise rud ar bith,' arsa Lakshmi.

'Mise ach oiread,' arsa mise.

'Ciúnas!' arsa Lakshmi.

Bhíomar inár suí ar feadh i bhfad. Ag féachaint ar a chéile. Ag éisteacht. Ó am go chéile, chloisfeá poppadom i mbéal duine againn. Ciúnas arís. Bhí Tomáisín ag éirí corrthónach.

'Éist!' arsa Lakshmi go tobann. Sheas sí suas.

D'éisteamar go léir. Níor chuala mé faic ach poppadom á chogaint go mall ag Tomáisín.

'Fuist!' arsa mise ansin. 'A Thomáisín! Stop ag cogaint.'

Bhí Tomáisín ansin agus a bhéal ar leathadh aige.

Chualamar ansin é. **An torann!**

Torann aisteach ab ea é. Caithfidh mé a rá nár chuala mé aon rud mar é cheana.

Cad a bhí ann? D'fhéadfadh aon rud a bheith ann. Aon rud in aon chor. Ní bheadh a fhios agat. Níor mhair sé ach cúpla soicind. Sin an méid. Stop sé ansin.

'An é sin é – an é sin an torann a chloiseann do mham?' arsa mise.

'Is dócha gurb é sin é ceart go leor,' arsa Lakshmi.

Thóg mé mo leabhar nótaí amach agus thosaigh mé ag scríobh. Tá sé tábhachtach cuntas a choimeád ar gach aon rud:

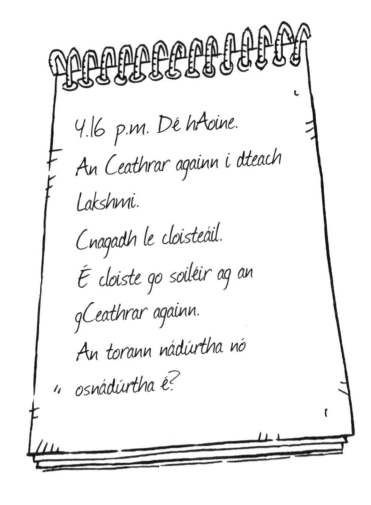

4.16 p.m. Dé hAoine.
An Ceathrar againn i dteach Lakshmi.
Cnagadh le cloisteáil.
É cloiste go soiléir ag an gCeathrar againn.
An torann nádúrtha nó osnádúrtha é?

'Do thuairim?' arsa Lakshmi liom i gcogar.

'Níl a fhios agam beo,' arsa mise.

'Mise ach oiread,' arsa Síle. 'Cén treo as ar tháinig sé?'

Ní raibh éinne in ann a rá.

D'fhéadfadh aon rud a bheith ann. Bíonn torann uaireanta ó phíopaí, ó dhraenacha agus mar sin de. D'fhéadfadh luch nó francach a bheith ann. (Scríobh mé síos na rudaí sin go léir i mo leabhar nótaí.)

Cá bhfios cad atá ann? Ní rabhas chun faic a rá go fóill, go dtí go raibh níos mó taighde déanta agam.

'Tithe áirithe,' arsa mise ar ball, 'bíonn siad ar nós an duine. Baineann siad searradh astu féin. Mar seo.'

Bhaineas searradh asam féin.

'Hmm . . .' arsa Síle.

'Cad is brí le hmm?' arsa mise.

An é go raibh leid aici? Smaoineamh iontach? An raibh Síle chun tosaigh orm? Níor fhreagair sí mé.

'Taibhse atá ann,' arsa Lakshmi. 'Tá mé cinnte anois. Cad eile a bheadh ann munar féidir é a fheiceáil?'

D'éirigh Tomáisín agus é ag crith.

'Sin é is dóigh le mo mham,'arsa Lakshmi. 'Tá an cnagadh sin ag cur as dá néaróga. Tá sí imithe go dtí an dochtúir chun tuilleadh piollaí a fháil. Na néaróga, an dtuigeann tú. Ceapann Daid gur samhlaíocht ar fad é.'

'Do dhaid,' arsa Síle. 'An bhfuil an torann cloiste ag do dhaid?'

'Níl,' arsa Lakshmi.

Pointe tábhachtach, mheasas. Bhreacas síos i mo leabhar nótaí é.

'Caithfimid a fháil amach cad atá sa chnagadh sin. Cabhróidh Ganesh linn,' arsa Lakshmi. 'Nuair a bhíonn fadhb le réiteach is féidir brath air siúd i gcónaí.'

'B'fhéidir é,' arsa mise, 'ach, i gcead duit, is ar an mbleachtaireacht a bheidh mise ag brath.'

'Agus mise!' arsa Tomáisín. 'Chuala mise torann aisteach uair amháin agus ní raibh a fhios agam ó thalamh an domhain cad ba chúis leis. Bhí an-ocras orm an lá sin agus fuaireas amach sa deireadh – creid é nó ná creid – gurb iad mo phutóga ba chúis leis an torann!'

Chuir sé sin Síle agus Laksmhi ag gáire. Gháir Tomáisín féin ansin!

Is deacair Tomáisín a stopadh nuair a thosaíonn sé ag gáire.

'Ciúnas, a bhleachtairí!' arsa mise de bhéic.

Nuair a bhíomar go léir socraithe síos arís, chuireas méar le mo bhéal agus chuireamar cluas le héisteacht orainn féin.

Faic. Tost.

Ansin, thosaigh an torann arís:

Cnag-cnag! Cnag-cnag!

Cén saghas torainn é? Ní raibh aon mhíniú agam air.

'Teastaíonn uaimse dul abhaile!' arsa Tomáisín.

'Ná bí buartha!' arsa Síle leis i gcogar. 'Gheobhaimid amach cad atá ann.'

'Agus más taibhse atá ann?' arsa Tomáisín os íseal.

Bhí mise ag éisteacht go géar. Sheas mé. Shiúil mé timpeall an tseomra ar mo bharraicíní.

Díreach ansin is ea a thuigeas nach istigh a bhí an cnagadh in aon chor ach lasmuigh.

Thógas amach mo leabhar nótaí agus is é seo a scríobh mé:

FÍRIC: lasmuigh atá an torann.

Is beag nár thug mé léim as mo chraiceann.

'Ní sa teach atá sé in aon chor!'

Bhí sceitimíní orm anois. Leid – faoi dheireadh.

'Amach sa ghairdín linn!'

Amach linn, mise chun tosaigh orthu.

'Cad atá á lorg againn?' arsa Lakshmi.

'Cad a bhíonn á lorg ag bleachtairí de ghnáth? Leid éigin, a Lakshmi, leid.'

Chuamar suas síos an gairdín cúpla uair. D'fhéach Tomáisín faoi chloch.

'Cad a bheadh ag déanamh torainn faoi chloch?' arsa mise leis. 'Péist?'

'Ní bheadh a fhios agat,' arsa Tomáisín.

Is rud é sin a deirimse go minic: ní bheadh a fhios agat. Ní maith liom é nuair a bhíonn daoine ag déanamh aithrise orm.

TUAIRIMÍ

'Tuairim ag éinne?' arsa mise.

Tuairim 1

'Bíonn rudaí ag cleatráil sa ghaoth,' arsa Tomáisín.

'Maith an buachaill! Ach níl aon ghaoth inniu ann,' arsa Síle.

'Ó! Nach bhfuil?' arsa Tomáisín, díomá air nach raibh leid éigin aige i ndeireadh an lae.

Thosaíomar ag féachaint ar na sceacha is ar na bláthanna. Ní raibh puth ghaoithe ann. Ní raibh leid ar bith ann ach oiread.

Bhí Síle ina seasamh gan chorraí agus an chuma ar an scéal go raibh réiteach na faidhbe aici.

Tuairim 2

'Rud éigin atá ag iarraidh teacht amach as áit éigin, b'fhéidir?' arsa Síle. 'Rud éigin atá sáinnithe agus atá ag iarraidh éalú.'

'Ach dá mbeadh ainmhí éigin sáinnithe, chloisfeá geonaíl uaidh, nach gcloisfeá?' arsa mise.

'Hmm . . .' arsa Síle, 'b'fhéidir.'

Tuairim 3

'Caithfidh go bhfuil obair éigin ar siúl ag duine de na comharsana,' arsa Lakshmi.

'Scaipigí agus féachaigí isteach sa scéal,' a d'ordaíos dóibh.

Scaip siad ar luas lasrach.

D'fhan mise ansin is mé ag smaoineamh is ag smaoineamh.

Nuair a tháinig siad ar ais ní raibh leid ar bith ag éinne acu.

'Chonaic mé bean agus snas á chur ar fhuinneog aici,' arsa Tomáisín, 'ach ní raibh aon torann ann!'

Lig mé osna. 'Ar cheistigh tú í ar chuala sí aon rud aisteach?'

Níor cheistigh, ar ndóigh. Lig mé osna eile agus scríobh mé sa leabhar nótaí nach raibh toradh ar bith ar an bhfiosrú sin.

Tuairim 4

Labhair Tomáisín: 'Páiste ag spraoi. Páiste beag ag spraoi le druma stáin?'

'Ní fhacamar páiste ar bith agus sinn amuigh ag cuardach tamall ó shin, a Thomáisín, an bhfaca?' arsa Síle.

Chroith Tomáisín na guaillí.

Ní raibh aon tuairim eile fágtha againn. Ní fhéadfadh éinne againn smaoineamh ar aon rud.

Bhíos beagáinín ar buile, ní le haon duine ar leith, ar buile liom féin a bhíos. Toisc nach raibh tuairim agam cén saghas torainn ab ea é ná cad ba chúis leis. Bhíos trína chéile.

'Pé rud atá ann, tá sé stoptha anois ar aon nós,' arsa Síle. 'Chuala sé ag teacht sinn, ní foláir. Pé rud é féin.'

Bhí smaoineamh agam ansin! Smaoineamh a chuir fionnachrith orm.

'A Lakshmi,' arsa mise ansin, 'ar tharla aon rud gránna sa teach seo sular tháinig sibhse chun cónaithe ann?'

'Gránna? Conas gránna?' arsa Lakshmi.

'Tá a fhios agat. Marú nó rud éigin. Foréigean?' arsa mise.

Dhruid Tomáisín cóngarach do Laksmhi agus d'fhéach isteach ina dhá súil: 'Ar gearradh scornach duine éigin anseo nó ar sádh tríd an gcroí é le claíomh?' arsa Tomáisín.

'Agus an corp curtha sa ghairdín?' arsa Síle.

'A leithéid!' arsa Lakshmi. Ba chailín cróga í ach ba léir nár thaitin an smaoineamh sin léi. D'fhéach sí timpeall mar sin féin agus an eagla le léamh ar a haghaidh.

Bhí eagla orainn go léir.

'Hmmm . . . Bhuel, tá ocras ag teacht ormsa,' arsa Tomáisín. 'Ní bheadh mammadom eile agat, an mbeadh?'

Níor thuigeamar ar feadh soicind cad a bhí á rá aige. Ansin phléasc Síle amach ag gáire.

'*Mammadom?* A cheann leitean, *poppadom* is ea an focal.'

'Ab ea?' arsa Tomáisín. Gháir sé féin ansin. Ní rabhamar in ann é a stopadh. (Maith, mar a tharla, mar bhí cúrsaí ag éirí an-ait ansin ar feadh tamaill.) Bhí Síle agus Lakshmi lag ag gáire.

Chaitheas na súile chun na spéartha arís agus is maith gur chaith mar –
Cad seo? arsa mise liom féin.

Chonaic mé poll beag i gcrann.

Stop mé. Smaoinigh mé go géar.

Poll i gcrann? An raibh leid anseo?

Chuireas lámh i bpóca mo sheaicéid agus tharraingíos amach mo cheamara beag. Níl sé chomh costasach le ceamara Shíle ach mar sin féin ...

'A Thomáisín, gabh i leith. Lig dom seasamh ar do ghuaillí.'

Sheas mé ar ghuaillí Thomáisín, lámh liom in aghaidh chabhail an chrainn agus mo cheamara beag sa lámh eile agam. Ghlacas grianghraf den pholl.

'Brostaigh ort,' arsa Tomáisín agus é ag gnúsacht.

Bhí an triúr acu ag féachaint ar a chéile ar feadh tamaillín tar éis dom léim go talamh.

'Leid?' arsa Lakshmi.

'Ní bheadh a fhios agat,' arsa mise.

'Hmmm . . .' arsa Síle. Bhí sise ag smaoineamh go géar freisin. Tá sí cliste ach theastaigh uaimse teacht ar an réiteach roimpi.

Poll i gcrann. Smaoinigh, a d'ordaigh mé dom féin.

'An é go bhfuil iora rua nó rud éigin istigh sa pholl beag sin agus dhá chnó bheaga á bhualadh aige in aghaidh a chéile? An drumadóir i mbanna ceoil é?' arsa Tomáisín.

'Drumadóir?' arsa mise. 'B'fhéidir go bhfuil smaoineamh maith ansin agat, a Thomáisín. Isteach sa teach linn agus féachaimis ar do ríomhaire, a Lakshmi.'

AN RÉITEACH

Bhi mé ar bís. Cheap mé go mb'fhéidir go raibh an réiteach agam – sa deireadh.

An chéad rud a dheineas ná an grianghraf a bhí glactha agam den pholl sa chrann a thaispeáint dóibh go léir ar an scáileán ríomhaire.

Ar aghaidh liom ansin – ag déanamh cuardaigh – agus níorbh fhada gur tháinig íomhá eile ar an scáileán.

'Is é an poll céanna é!' arsa Lakshmi. 'Cad a dhein é?'

'Hmm . . .' arsa Síle. 'An cnag-cnag sin a chualamar. Tá tuairim mhaith anois agam cad is cúis leis.'

43

Bhí Sile ar tí é a rá, ach tháinig mé roimpi:

'Cnagaire adhmaid! Sin é an *poltergeist*,' arsa mise.

Bhíos an-sásta liom féin. Ní nach ionadh.

'Sea!' arsa Síle. Agus thug sí an t-ainm Laidine ar an éan dúinn, ach níor thug éinne aon aird uirthi.

'Cnagaire adhmaid?' arsa Lakshmi. D'fhéadfá í a leagan le cleite.

'Cnagaire adhmaid. Cé a chreidfeadh é!' arsa Tomáisín. 'A Bhriain,' ar seisean, 'is an-an-bhleachtaire thú! An bhfuil a fhios agat é sin?'

(Bhí a fhios). An-lá ab ea é.
An-lá go deo.

'Ní raibh aon tuairim agam go raibh cnagairí adhmaid in Éirinn,' arsa Tomáisín.

'Agus ní raibh, le tamall fada anuas. Ach tá siad ar ais. Agus tá ceann acu i ngairdín Lakshmi,' arsa mise. 'Nó péire acu. Nó níos mó! Ní bheadh a fhios agat.'

'Féach air seo,' arsa Sile.

Bhí leathanach ar oscailt aici: Cairde Éanlaith Éireann.

'Féach ar an léarscáil seo. Is cosúil nach bhfuil cnagaire ar bith i gCúige Chonnacht ná i gCúige Mumhan. Tá an chuid is mó acu thart ar Bhaile Átha Cliath Theas nó i gCo. Chill Mhantáin.'

Chaitheamar uair an chloig i seomra Lakshmi agus sinn ag feitheamh leis na héin. Fuair Lakshmi déshúiligh a bhí i seomra a tuismitheoirí agus chaitheamar go leir ár seal ag breathnú amach.

Sa deireadh, tháinig an cnagaire ar ais.

Cnag-cnag, cnag-cnag!

Bhíomar go léir faoi dhraíocht aige.

Tháinig an dara héan ansin.

Lig Lakshmi fead iontais.

'Cé acu an mamaí agus cé acu an daidí?' ar sise.

'Is é an chéad cheann a tháinig ar ais an daidí,' arsa mise. (Ní raibh ann ach tuairim ach bhí seans 50-50 ann go raibh an ceart agam, nach raibh? Bhí, cinnte!) D'fhéach Síle orm. Ar thuig sí nach raibh ann ach buille faoi thuairim?

Scríobh mé nóta dom féin: cláraigh le Cairde Éanlaith Éireann. (Tá súil agam nach gcaithfidh tú a bheith 18 nó rud éigin seafóideach mar sin le bheith i do bhall!)

Cnag-cnag, cnag-cnag!

Ghlac Síle is mé féin grianghraif de na 'taibhsí' agus arsa mise ansin le Lakshmi:

'Abair le do mháthair gan a bheith ag cur a cuid airgid amú ar na piollaí sin!'

Cás eile réitithe! Húrá!